노견일기

5

정우열
지음

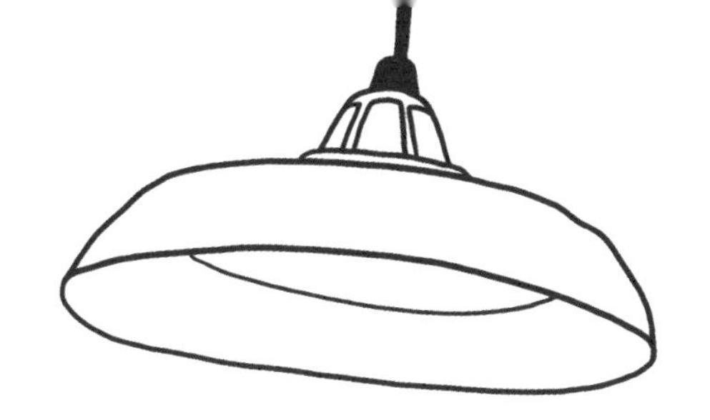

노견일기

5

정우열 지음

동그람이

이 책에 실린 이야기는 지금 이 머리말을 쓰는 시점으로부터

대략 1년 반쯤 전에 그린 것입니다.

그러니 책으로 저희 이야기를 처음 접하는 분들은,

1년 반 후의 미래에서 보낸 편지를 읽고 계시는 셈이죠.

풋코는 아직 잘 있습니다.

얼마 전엔 심각하게 건강이 나빠져서 이젠 정말 제 곁을 떠나려나 보다 생각했는데,

또 어찌어찌 회복해서 잘 지내고 있어요. 물론 전 같지는 않지만요.

그러니 안심하고 읽어주셔도 좋겠습니다. 음, 근데 이거 스포일러일까요?

2021년 7월 제주에서

차례

프롤로그

오구오구 푸코~
얼마나 보고 싶었게요?

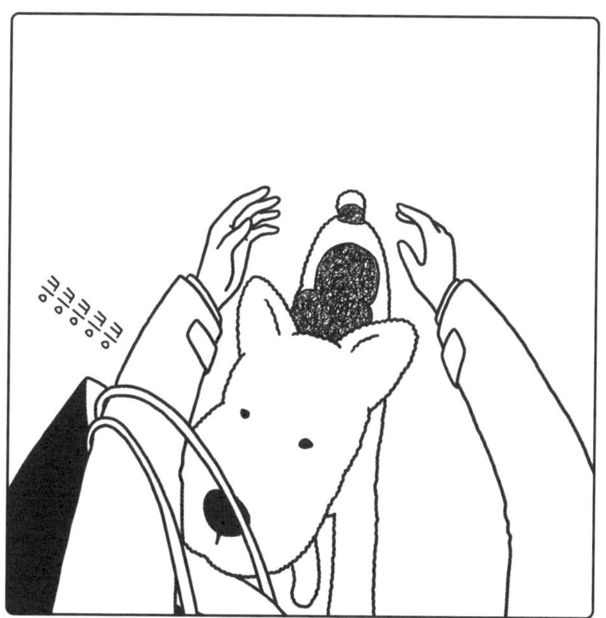
킁킁킁킁킁

?
스윽
킁킁킁

저기 풋코?
이모한테
관심 좀...
킁킁킁킁

가방 안에
먹을 거
있어요?
아뇨
없어요.
킁킁

풋코가
있다는데?
없는데?
킁킁

풋코가
있다면
있는 건데?
풋코, 그냥
냄새만 좀
남아있는 거
아니고?
킁킁

킁킁킁킁킁

스윽

툭

앗?! 그게
왜 거기
있죠?
어제
조카가 먹다
남긴 빵인데?
ㅋㅋㅋ
풋코는 18년
동안 한 번도
틀린 적이
없거든요.
찌익

찌이이익
OLDDOG

초롱이와 거북이

물고기 구경이
이렇게 재밌는
거였다니...
거봐.
한 번도
안 해본 사람은 있어도
한 번만 하는 사람은
드물다는 물고기 구경.
쏴아아-

......

우리
초롱이가
이 좋은 걸
모르고 갔네.

……

…음 원래 걔가 수영은 해도 물고기 구경은 잘 안 하…
가 아니라 그치. 지금 기승전 초롱이 생각나고 그럴 때겠지.
쏴아아-

......

어릴 때 읽은
옛날이야기 중에
그런 거 있잖아.

거북이를 구해줬는데
알고 보니 용왕님
아들이어서
용궁에 초대받아
며칠 놀다 와보니
3백 년이 지났더라-
쏴아아아-

야 타

어어,
그 얘기 듣고
충격 받아서
절대 모르는 거북이
따라가면 안 되겠구나
결심했었지.

……
쏴아아아아아-

초롱이
그렇게 보내고
몇날 며칠을
펑펑 울다가
어느 날 거울을
봤거든.
......
쏴아아아-

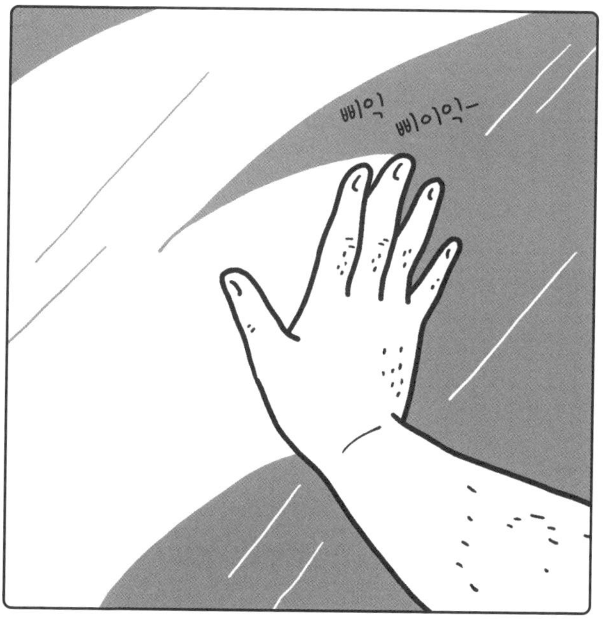
삐익
삐이익-

……

그때 문득
그 얘기가 생각
나더라고.

18년 동안
초롱이랑 노느라
몰랐는데
초롱이 없는
세상으로 돌아와 보니까
나도 많이 늙어
있더라.

……

……
……
쏴아아아아아아아—

음, 니가 좀 노안이긴 한데
그래도 3백 살 처럼은 안 보여.
......
쏴아아아아아-

그거 위로야?
아 이건 그냥 리액션.
쏴아아-

위로는
물고기 구경
시켜준 걸로...
......
...
그러네.
응, 위로가
됐어.
쏴아아아-

......
한 번 더
들어가도 돼?

뭔 소리.
해질 때까지
계속 들어갈 거야.

…
좋네.
응.
쏴아아아아아-

쏴아아아아아아-

쏴아아-
......

쏴아아아아-
......

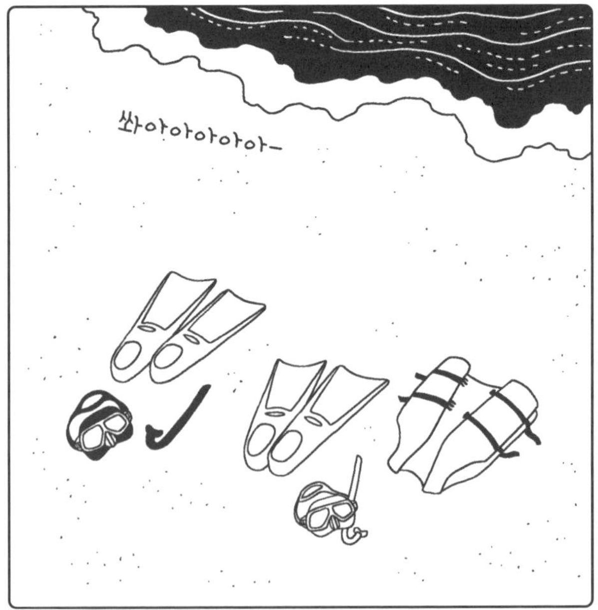
쏴아아아아아아아-

OLDDOG
INSTAGRAM
→ @OLDDOG

여름의 끝자락

킁킁
킁킁킁

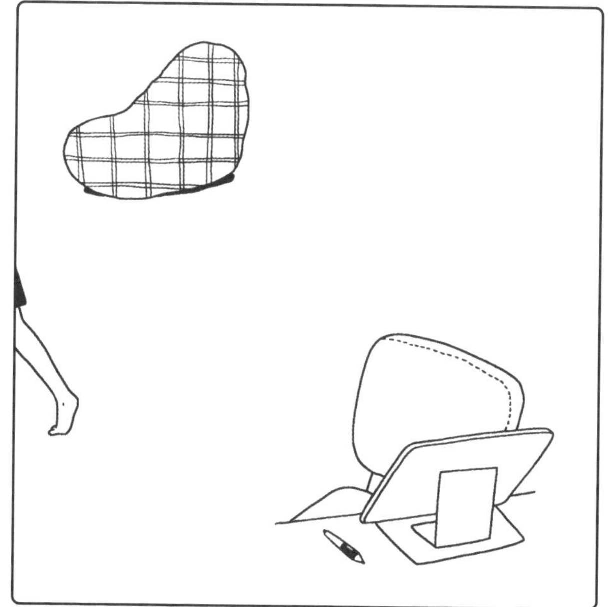

헥헥
헥

헥헥

첨벙

두리번

청벙
청벙
왕! 왕! 왕!
왕! 왕!

푸다다다닥

어때,
풋코?
이제 새 동네도
좀 지낼만한 거
같아?

......
어어,
불편했을 텐데
적응하느라
수고 많았어.

......

여름이
끝나가나 봐.
그치?
......

킁킁킁
OLDDOG
INSTAGRAM
→ @OLDDOG

귀가1

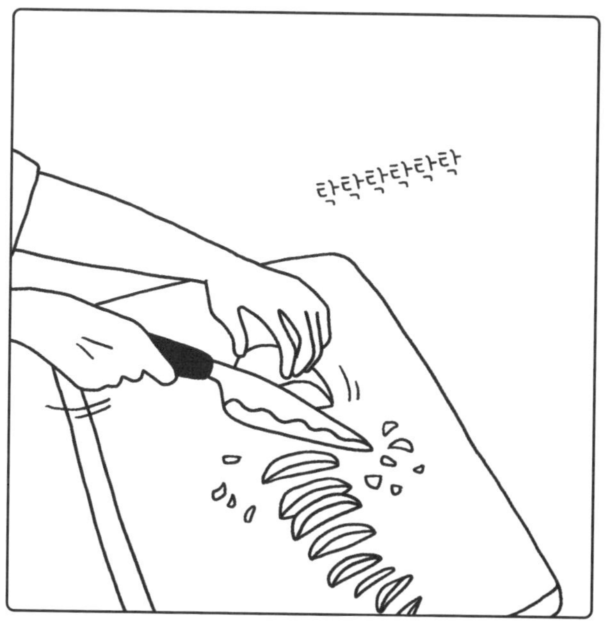

송송송송송

여우 찾은
얘기 좀
해주세요.
송송송송송

탁탁탁탁탁
보글 보글
ㅋㅋㅋ
아이고
ㅎㅎ

강아지를 찾습니다
황구 . 암컷 . 3살 . 검정색목줄
2019년 8월 7일 오후 6시 30분
서귀포시 효돈 하나로마트 앞 일주동로

고든이 아버지
라고 있거든요.
네
알아요

으하하하하

저번에 영혼이
잃어버릴 뻔
했을 때,
영혼이가 풀숲으로
막 도망갔는데
용수를
데려왔어요
진도가.

진도
용수

그래가지고,
용수를
풀었더니,
용수가 영혼이를
덮쳐가지고 구석에
몰아서 잡았거든요.
오호
ㅎㅎ
ㅎ

촤라락
보글
보글

그래가지고
고듣이 아버지가
이번에도 용수 데려
오라 그래가지고,
아, 원래
여우랑 용수가
엄청 친해요.

그 cctv 제보
문자 받고,
진도랑 용수를,
개가 나타난
그 장소에 짱박아 놓고
우린 막 수색하고
있었거든요.

진도가 용수랑
한 바퀴 돌고 오니까
여우가 딱 나타
났대요.
그 cctv에
나온 곳에.

앗,
여우!!!

근데 여우가, 2주 만에
사람을 만나니까
못 알아보고
막 미친 듯이
도망을 가더래요.
으어어

그래가지고 진도가,
이대로 놓치면 다시
못 찾을 거 같아가지고
용수 끈을
팍 놨대요.
오오오오

킁킁킁
그랬더니 용수가
우사인 볼트처럼
표옹- 뛰어서
여우를 이렇게
탁 덮쳤대.

그래, 여우가 으악!
놀라가지고 딱
돌아보더니 어?
용수잖아?

응 그래가지고 둘이 막 이렇게 좋다고 엉켜 가지고...
ㅋㅋ ㅋㅋ
ㅋㅋ ㅋ
응 그렇게 둘이 오두방정을 떨 때 탁 잡았대요.

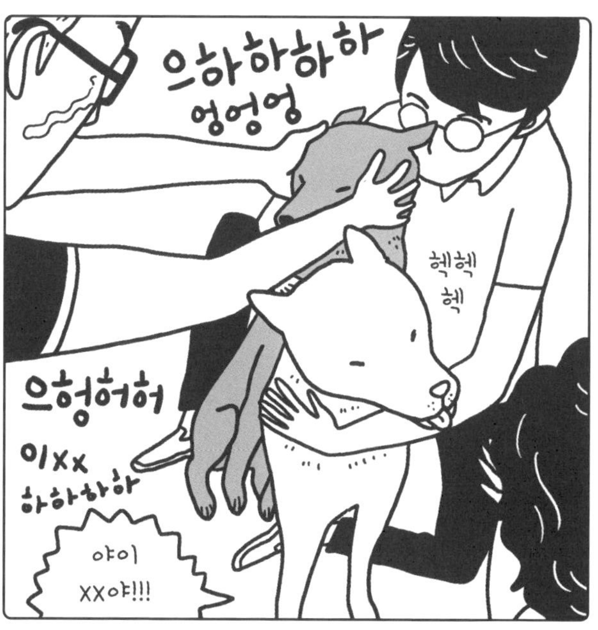
으하하하하 엉엉엉
헥헥 헥
으헝허허
이XX 하하하하
야이 XX야!!!

제보는
누가 한
거예요?
아 그,
원래는..
국수 다
됐어요.
이것 좀
옮겨주세요~

우와아,
잘 먹겠습
니다~

강아지를 찾습니다
황구 . 암컷 . 3살 . 검정색목줄
2019년 8월 7일 오후 6시 30분
서귀포시 효돈 하나로마트 앞 일주동로

강아지를 찾습니다
찌익
황구 . 암컷 . 3살 . 검정색목줄
2019년 8월 7일 오후 6시 30분
서귀포시 효돈 하나로마트 앞 일주동로

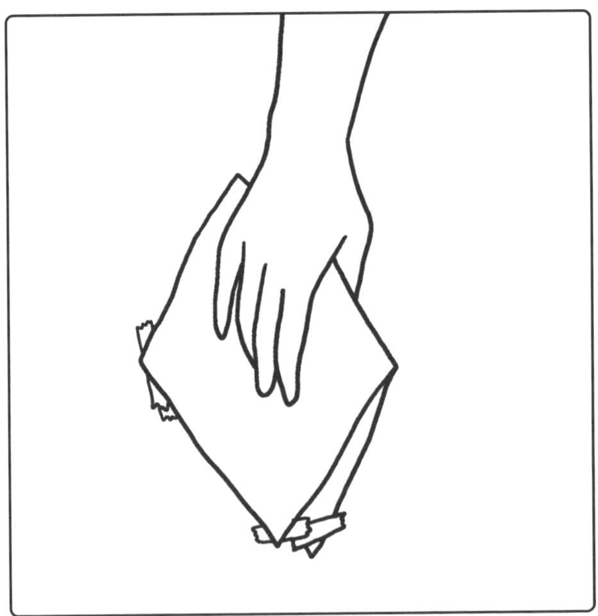

헥헥
헥

~♫
헥헥
헥

OLDDOG
INSTAGRAM
→ @OLDDOG

구원투수

털썩
흐으응-
어어, 그치?
풋코.
인생은 짧고
견생은 더
짧은데

......
맨날 책상에
코 박고 앉아서
뭐하는 건지
알 수가
없지?

응, 글쎄
말이다.
나도 참
알 수가
없네..?
......

어어,
미안 미안.
근데
지금은
안 돼.
완전
바쁘거든..
척

어어어어-
안 돼, 안 돼
벅벅

아냐,
안 된다니까
...
벅벅
벅벅
벅
끄으응~

응 글쎄 안 된다고.. 미안.
만화가 개 16년인데 양해 좀 부탁 드립니다?

......

어어어어
척

하아- 풋코,
니 마음은 알겠는데
오늘은..
계세요~?
벅벅
벅

누구세요?
네, 정수기 이전 설치 신청 하셨습니까?
벅벅

!
?

아 네네!
빨리 오셨네요?
후다닥

?

들어오세요,
들어오세요
!!
혹시 개
무서워
하시나요?
허허허, 아뇨.
저도 둘 키웁니다.

흐뭇

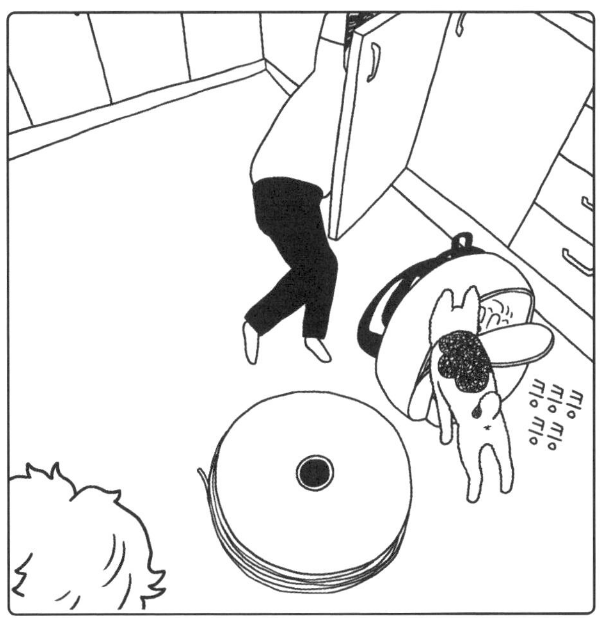
킁킁
킁킁

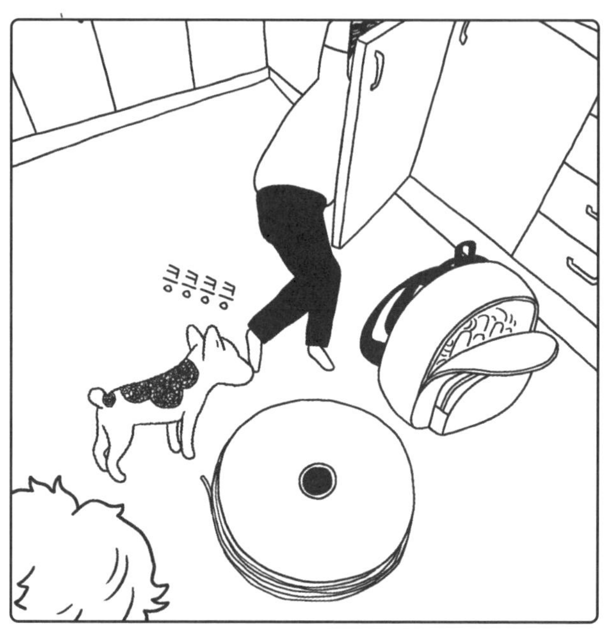
킁킁킁킁

킁킁킁
저기, 제가 방에서 일 좀 보고 있을 건데
혹시 개가 너무 방해가 되거나 필요한 거 생기면 불러주세요?
아, 네네. 일 보십쇼!

응, 이거?
허허
니퍼야
니퍼.

이건
테이프.
궁금한 게
많구나?
허허허

가방?
가방에
먹을 거 없는데
어쩌나~?

......
허허허허

허허허
OLDDOG
INSTAGRAM
→ @OLDDOG

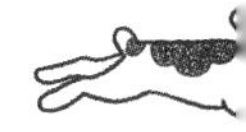

어디든 같이 가

나이 들어서
이제 금방
지쳐요.
예전엔
세 시간씩
전력질주
했는데..
ZZZZ-
솨아아-

솨아아아아-

개들이랑
더 실컷 뛰어놀려고
제주도에 왔다고
했잖아요.
그랬죠.

잘한 선택
이었던 거
같아요?
음…

개를 키우고,
제주도를
좋아해서
개랑 같이
제주도에 여행 오는
친구들을 여럿
알고 있어요.

그런데 그런
친구들이 왠지
자꾸만
제주도
여기저기서
떠돌이 개를 구조하게
되는 거예요.

그럭저럭
잘 마무리되는
경우도 있지만
어떤
경우엔..

링링이에요.
아하
태풍 링링
속에서 구조
해서?
네.
ㅎㅎ

……
수술비
많이 나왔죠?
음..네.
서울 가면
돈 많이 벌어야
겠어요. ㅎㅎ

……

나쵸야.
피서 왔다가 덩달아 고생이 많네?
제주도 삼촌이 미안해.

....

쏴아아아아아ㅡ

쏴아아-
그래서 링링은 어떻게 됐어요?
zzz
음, 수술 경과가 안 좋았어요.

다시 골절이 돼서 며칠 전 나쵸 엄마가 서울로 데려갔어요.
zz-
오늘 재수술 받았는데 아주 큰 수술이었고,
운 좋으면 장애가 좀 남을 건가 봐요.

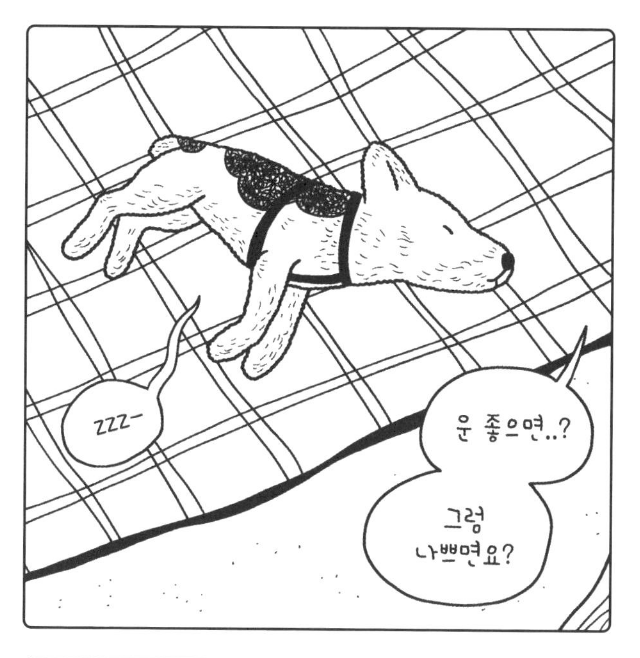
zzz-
운 좋으면..?
그럼
나쁘면요?

음..수술 끝나고
아직 자고 있는데,
수의사 선생님이
조심스럽게 '안 깨어날
수도 있다'고 하셨대요.
!
쏴아아-

....

나쵸
엄마는..
개와 제주도
둘 중 하나만
사랑했더라면
좋았을 텐데
하필 둘 다
사랑하는 바람에
이런 일을 겪는
걸까요?

쏴아아아아-
......
ZZZ-

......
하지만 원래 그런 거예요.
뭐가요?
쏴아아-

사랑요.
뭔가를
사랑한다는 건
원래 고통이
포함된 거
잖아요.

디리링~
깜짝
앗, 풋코
미안 ㅎㅎ

링링과 나쵸네를
위한 노래를
부를 거예요.
......

......
뭐
부르죠?
신청곡.
스르륵

across
the universe
아이쿠,
그건
못 하는데.

....
쏴아아아-
......
ZZZ

쏴아아아아아-
OLDDOG
INSTAGRAM
→ @OLDDOG

상경1

푸다다다다다닥

풋코.
어제 목욕했는데
또 짠물에 수영해?
이제
선선해서
안 할 줄
알았더니.
헥

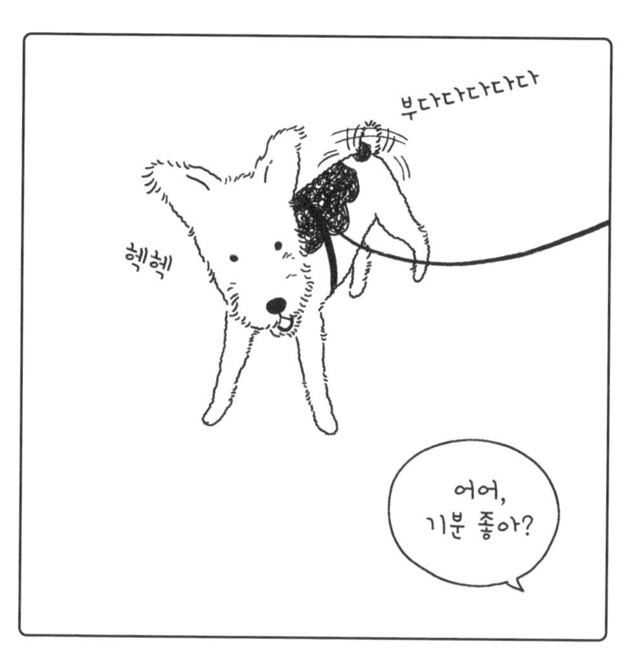
부다다다다다
헥헥
어어,
기분 좋아?

그래,
니 말이
맞아.
좋으면
됐어.
헥헥
헥

그래도
너무 까불지 말고
조심해서 걸..
헥헥
헥

콰
!!
꽤액?!!

어디 봐!
내가
뭐랬어?!
그러게
눈도 나쁜데
조심해서
걸으라니까!!
날름
날름
날름

……
날름
날름
날름

아냐, 푯코.
취소야.
내 잘못이야.
내가
조심했어야
되는데..
날름
날름
날름
날름

서울 가자,
푯코.
가서 눈 수술
할 수 있는지
한번 알아보자.
응?
날름
날름
날름

날름
날름
날름

......

어어 풋코
그거 나
아니야
나 여기.

여기
여기!
붕붕붕

붕붕붕
붕붕

붕붕붕붕

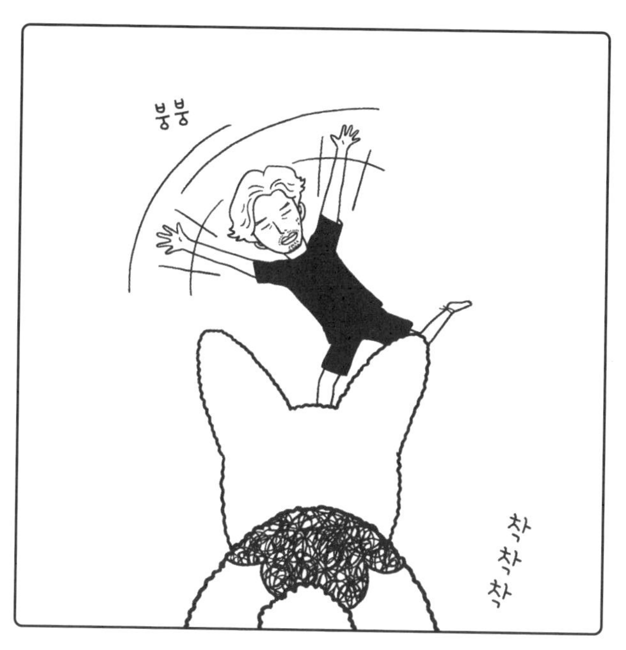
붕붕
착착착

착착착착

사뿐

……
어어,
왔어?
풋코.

걱정 마,
나만 믿어.
푸코.
내가 다~
알아서 잘
처리할게.

OLDDOG
INSTAGRAM
→ @OLDDOG

상경2

헥헥
헥

헥헥

풋코.
새벽부터 어디
가는 줄 알고
열심히 가?
헉헉

헉헉
헉

어어, 개는 다 아는 거 같으면서도
어떤 땐 또 모르는 일이 참 많지?

....

ㅇ 동물병원

……

장난감 또
보세요?

저번에 사
가셨잖아요.
ㅎ ㅎ
아,
그거요
최고로 복잡하게
생겨서 간식 짜 넣으면
한 30분은 가지고
놀아주지 않을까
했는데

5분 만에
끝내더라고요.
아
ㅋㅋㅋ

쩝쩝

그래서 몇 개
더 있어야 하나
하고...
혹시
그거 열려서
줘보셨어요?
아뇨

한번
해보세요.
훨씬 더 오래
가지고 놀 걸요.
ㅎㅎ

......

제주국제공항

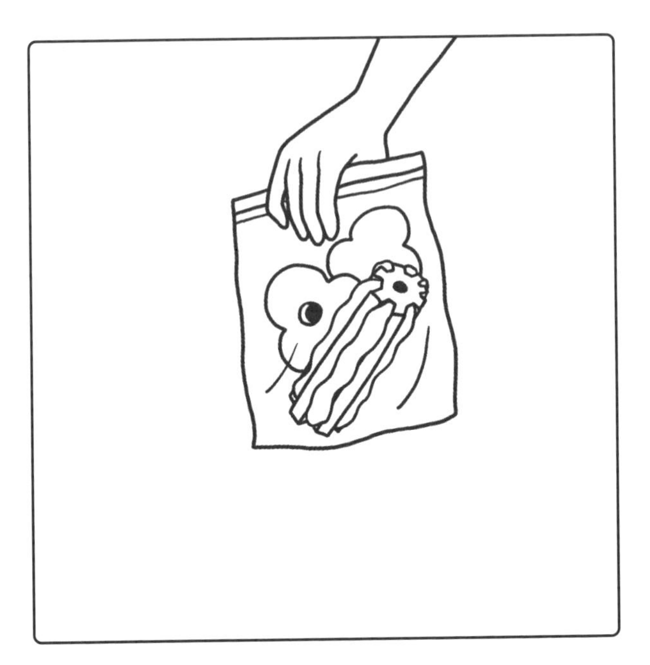

풋코.
이거 어떻게
생각해?
너 지루할까 봐
내가 여러 개
얼려왔는데.

어어,
왜냐하면
이제 여기
한 시간 반 동안
들어가 있어야
하거든...

힘들겠지만
간식 먹으면서
좀 기다려주...
스윽
...?!

털썩
......

아하,
풋코.
새벽이라
더 자고 싶구나?
그럼 간식
없는 게
낫겠다, 그치?

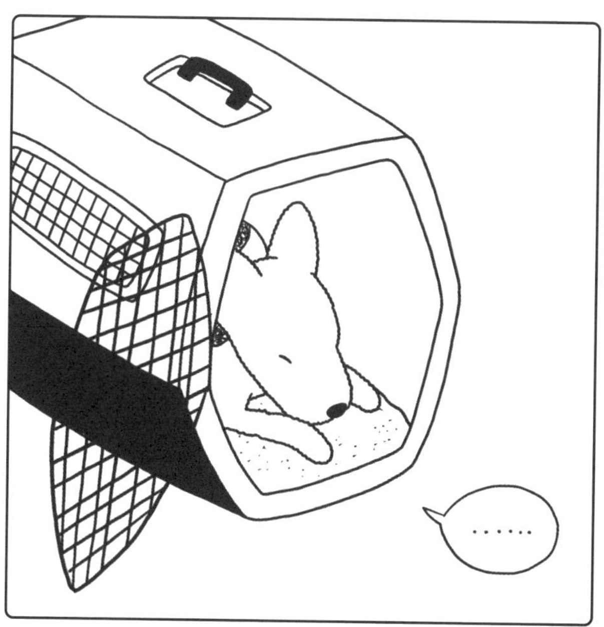
……

풋코.
서울 왔네?

어떻게 이렇게
조용하고 순탄하게
올 수가 있었어?
새벽이라
졸려서
그랬어?
화물칸
안에서는
어땠어?
그냥
잤어?
응?

……

푸코.
열여섯 살
되더니
사람 됐네...
아니 개
됐네..?

어어,
너 이제 좀
키울 만하다,
야.

징검다리

푹코,
생각나?
여기 어딘지
알겠어?

어어,
10년 가까이
산책하던 곳이니까
당연히 알지?
말을
안 해서
그렇지.

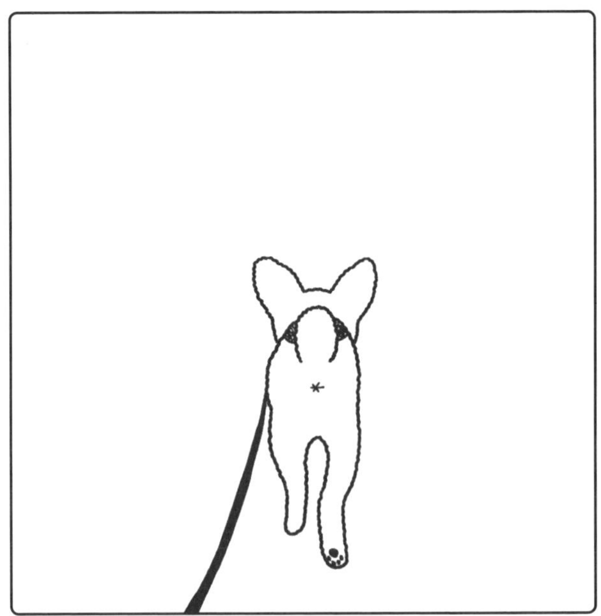

……

○○대학교 동물병원

헥헥
헥헥
진료실 2
Exam room 2
2 진료실
왼쪽 눈은
백내장 2기에서 3기
넘어가려는 단계고요,
오른쪽은 아직
1기예요.
군데군데 백내장이
있긴 하지만 아직 시력이
꽤 남아 있어요.

헥헥

왼쪽 눈은 수술할
만한 시기이긴
해요. 그런데..
헥헥
헥
고혈압이랑,
신장 관리도 받고
있잖아요?

눈 이외에도
그런 전신 질환이
수술에 위험요소가
되거든요.
헥헥
헥헥

게다가 그런
질환이 없다고 해도
열여섯 살이라는
나이는..
헥헥
그 자체로
이미 큰 위험
요소예요.

판단은
보호자 님께서
하셔야겠지만...

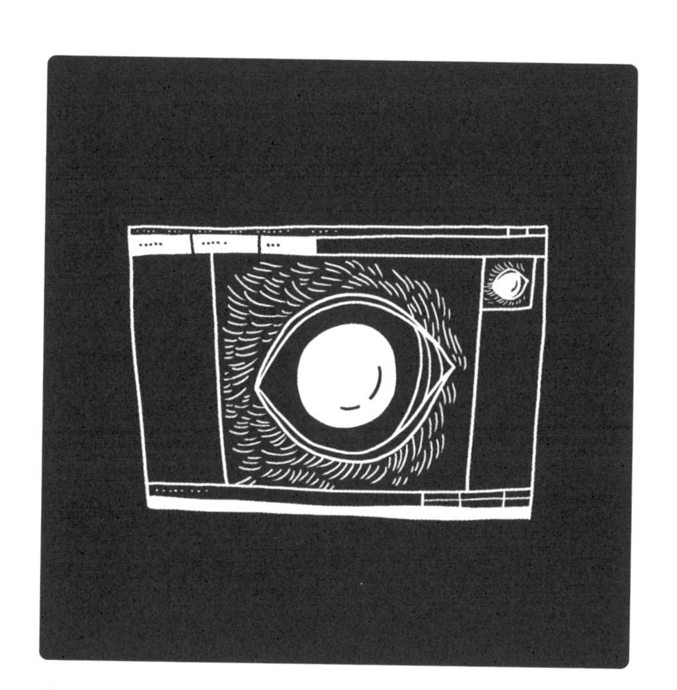

있지,
풋코.
병원에서
우릴 도와주기가
어려운가 봐.

어어, 그치만
괜찮아.
다 대자연의
섭리인 걸.
우리는
그 일부고.

쉬이이이-

오랜만에
고향 같은 동네
산책 잘~했다!
그거면 됐지
뭐. 그치?
ㅎ ㅎ

!

풋코! 이거
생각나?

쏴아아아

옛날엔
여기 오면 맨날
건넌다고 고집
부렸잖아.
니네
둘 다.

으악!
통통통통통
솨아아아-
안 돼,
너무 빨라!!
나
빠질 거
같아!!!

어때,
풋코?
오랜만에
건너볼래?
......
할 수
있겠어?

쏴아아아아아아–
쏴아아–

쏴아아아-
쏴아아-

폴짝
쏴아아아
쏴아아

폴짝
쏴아아-
쏴아아

폴짝
쏴아-
쏴아아
OLDDOG
INSTAGRAM
→ @OLDDOG

성남시

호들갑

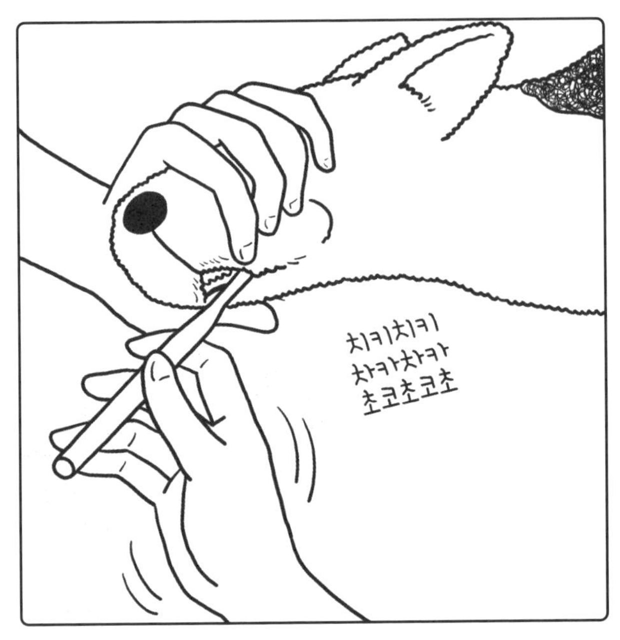

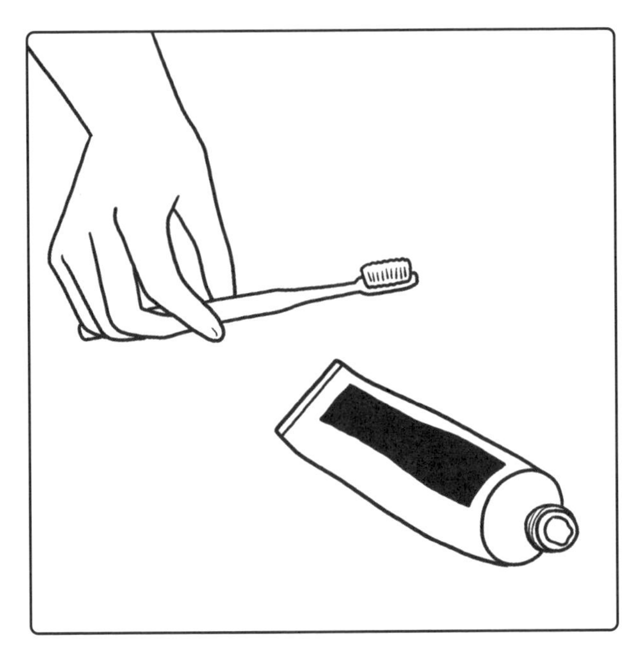

......
살포시
?!

...응,
푹코.
드디어
올 것이
왔네?
......

어어
그렇지?
세상에는
믿고 싶지 않지만
받아들여야 하는
일들이 있는 거지?

그래도 우리
좋은 일도
많았잖아.
어젠 오랜만에
캠핑도 했고.

쏴아아아아

쏴아아-

응, 16년
하고도 7개월
이니까.
이 정도면
엄청 잘 쓴 거야.
고마워.

푸핫
ㅋㅋㅋ

후웁
풋코 이제 거의 열일곱 살 인데.
처음 이 빠지는 거면 진짜 오래 쓴 거잖아?

두 가지 짚고
넘어갈 게
있는데.

첫째, 풋코가 이를
오래 잘 썼다는 걸
몰라서가 아니라
백내장에
이어서.
늙어가고 있다는
물리적 증거가
눈앞에 나타난
거라고.

그에 대한
이 애비의
무너지는 마음을
비웃어?
아니 뭐
비웃은 건
아니고..

둘째, 아직
이가 빠진 건
아니야.
희번득
흔들리는
거라고.
어어
그래
ㅋㅋ

Z Z Z

풋코!
풋코!!

이거
좀 봐.
뭔지
알겠어?

차라락

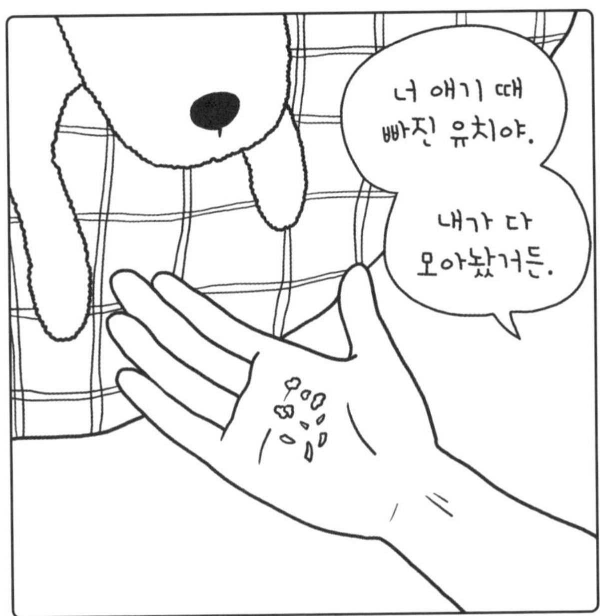
너 애기 때
빠진 유치야.
내가 다
모아놨거든.

킁킁킁
킁킁

이 이빨로
의자 다리도
갉아먹고
컴퓨터
케이블이랑,
옷 지퍼도
뜯었지?
킁킁킁
ㅎㅎ

....

...풋코.
이번 이빨도 나 줄 거야?

……

응 그래,
고마워.

OLDDOG
INSTAGRAM
@OLDDOG

고해성사

어머머.
너 인형
같다, 얘!
빳데리
들었니?
한라봉
천혜향
레드향

얜 털 많이 안 빠지죠?
한라봉 천혜향 레드향
음... 다른 개들보단 좀 덜 빠져요.

우리 개는 치와와랑 저긴데
치와와 털 많이 빠지죠 ㅎㅎ
응, 하루 종일 이거 해야 돼.
드르륵 드르륵

아이구,
나이가
좀 있네요?
네, 열여섯 살
하고 7개월
이에요.
응 그래...
눈 보니까

우리 개도
눈이 그래요.
열네 살
인데... 저기.
저기 있잖아.
나도 나이
먹으니까 말이
안 나와. 저기...
?

제일 흔한 종
있잖아요.
아까
치와와
라고..

아니,
한 마리 더
있는데, 걔가.
흔한 거.
......

…
말티즈요?
아니,
말고.
한라봉
천혜향
레드향

요크셔
테리어?
아니
그것도 말고.
멍청한 거
있잖아.
한라봉
천혜향
레드향

......

응? 거 왜,
흔한 거.
눈 크고.
한라봉
천혜향
레드향

...혹시
시ㅊ...
응 그래!
시츄!!

걔가 이제
눈이 허얘져가지고
안 보여.
시츄가 원래
눈이 좀 약하대요.
한라봉
천혜향
레드향

아, 그렇구나.
근데 안 보이니깐 소리랑 냄새로 아는 거 같애.
네 ㅎㅎ
한라봉 천혜향 레드향

근데 시츄도 똑똑...
아이쿠, 앉았어?
왜? 간식 없는데?
샥

귤, 귤
달라고…
히익, 세상에!
너 귤 좋아해?
줄게!
한라봉
천혜향
레드향

할머니
귤 사장님이야.
맛있는 귤
많아!

...배신자.
면목 없습니다.

우리 뭉치가 자기 장난감 이름을 몇 개 기억하는지 알아요?
알죠. 스물여덟 개.

아뇨. 최근에 업데이트 됐어요.
청둥오리, 도넛, 우디까지 서른한 개예요.
역시 뭉치 천재.
존경합니다. 그치, 풋코?

그래서 제가 귤 사장님께 뭉치 얘기를 하려고 했는데..
아뇨.
애당초 시츠.. 라고 답한 순간 이미 배신의 다리를 건넌 거라고요.

OLDDOG
INSTAGRAM
→ @OLDDOG

설명서

음…

…네에,
괜찮을 거
예요.
저도
잘 알면서도
그런 실수
하는걸요.

푸코는
자기가 노쇠한 걸
잘 모르는 거
같아요.
맨날 어디
뛰어오르거나
뛰어내리다
턱 깨지거든요.
피 철철
흘리고.

네, 그래서 그럴 때 리드줄을 살짝 들어 올려서 도와줘야 돼요.
알고 있어도 아차하는 사이에 일이 벌어지긴 하지만.

아뇨,
짜 먹이는 건
그냥 영양제
고요.

사람 약봉투랑
똑같이 생긴 거.
그게
혈압약
이에요.
아침저녁으로
꼬박꼬박 먹여야
하거든요.
약만 주면
안 먹으니까
영양제랑
같이..

아... 그럼
지금이라도
좀 먹여주시
겠어요?

혈압약 거르면
혈압이 바로 높아
지는데
그럼 시력을 잃거나
심장, 신장에 치명적인
영향이 생길 수
있대요.

삐빅
삐빅
삐빅-

어려서부터 원래 배가 자주 아팠어요.
음... 그건 너무 걱정 안 하셔도 될 거 같아요.

풀 먹고
토했나요?
네, 그럼
아마 이제
괜찮아질
거예요.

꾸룩
꾸룩
꾸에에엑

……

…죄송해요.
걔가
하자가 많아서
힘드시죠.

……

고맙습니다,
고맙습니다.
서울에서
뭐 필요한 거
없으세요?

네흥흥
고맙습니다.

OLDDOG
INSTAGRAM
→ @OLDDOG

메시지

어어, 풋코.
또 싸?

팟팟
팟

오늘 진도
엄청 빠르네?
세 번짼가,
네 번짼가.
대단항..

아뿔싸.

풋코!
돌아가자!!

아직 있을까, 풋코?

어? 다시
오셨네요?
뭐 두고
가셨어요?

아 네
그, 그게
아까...
?
픗코~

......

아까

어어,
풋코.
카페
가자고?

음..나도
찬성이긴
한데
이건
어떡하지?

어어,
그래.
여기 놔두고
들어갔다가 나올 때
챙겨 가자.

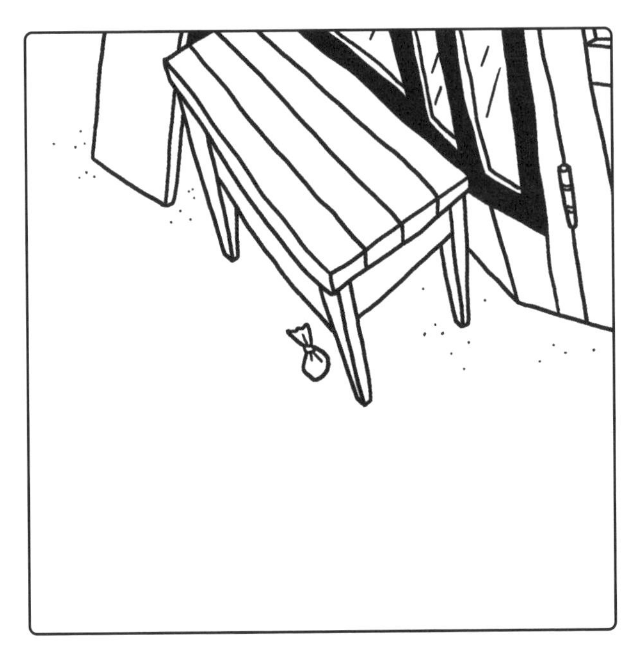

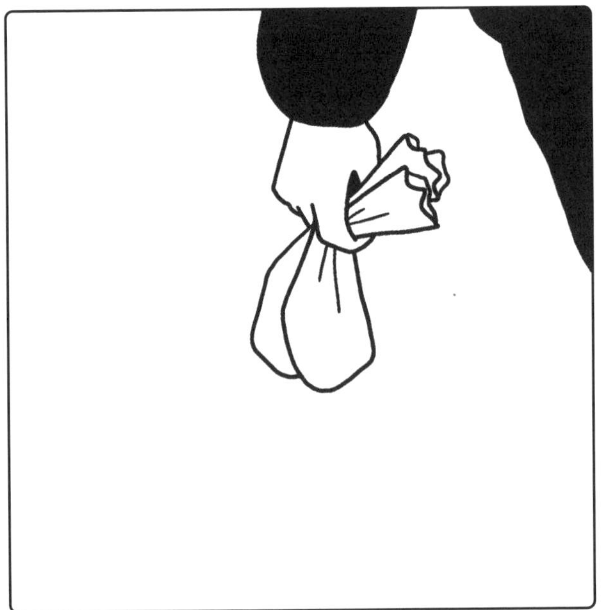

어어, 풋코.
그런 거였어?
나한테
얘기해 준
거였어?

응가에도
이렇게 디테일한
메시지를 담을 수
있다니 대단해,
풋코.
ㅋㅋ
좀
멋있는 거
같아.

OLDDOG
INSTAGRAM
→ @OLDDOG

늦가을

풋코,
여기 담으면
되겠다.
그치?

킁킁킁킁

달그락

킁킁킁
킁킁

……

5G
스마트폰
즉시개통

다
됐고요,
요기하고
요기 사인만
해주시면
됩니다.

......

쭈쭈쭈쭈

쭈쭈쭈쭈쭈ㅡ

잘 못
들어요.
아..
저런.

나이가
많나 봐요?
몇 살
이에요?
열여섯 살
8개월요.

아이고,
그러네.
눈도
안 좋네.
저도
열일곱 살까지
키우다 떠나
보냈거든요.
아, 네…

이는
어때요?
음, 최근에
빠지기 시작
했어요.
앞니
두 개…

그쵸...

이 빠지기
시작하면
거의 끝이라고
봐야죠.
ㅋㅋㅋ

킁킁

어어
풋코.
아저씨가 말은
그렇게 했어도
그런 뜻은 아니었을
거라고 봐.

어쩌면 자기 개
생각이 나서 속으론
엄청 슬펐을지도
몰라.
그치?

그건 그렇고, 풋코.
첫 번째 이는 못 주웠지만 두 번째 이 고마워?

근데
좀 천천히
줘도 돼.
알지?

……

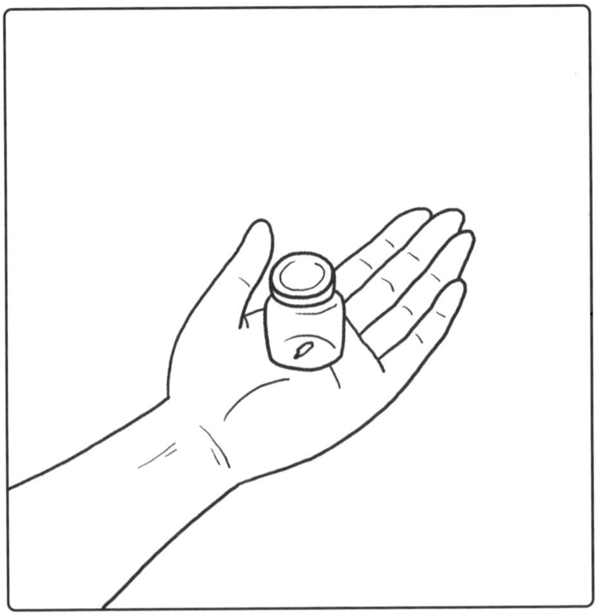

OLDDOG
INSTAGRAM
→ @OLDDOG

새 동네

없어요?
없어요.
집이랑
귤밭밖에.

요 앞에
귤 가게가
하나 있는데
거기 사장님이
풋코 많이
예뻐해 주세요.
근데...
?

저기
계시네요.

아유,
왔어?
한라봉
천혜향
레드향

왜 자주
안 와~
나 친구도 없고
심심한데.
안녕
하세요
한라봉
천혜향
레드향

잠깐만,
귤 맛있는 거
줄게!
아니에요,
올 때마다 너무
얻어먹기만
해서…
슥슥
한라봉
천혜향
레드향

에이,
괜찮아요.
내가 좋아서
주는 건데.
한라봉
천혜향
레드향

안 그래도 내가 황금향 한 박스 주려고 했어. ㅎㅎ
네에? 아니에요!
지난번에 주신 귤도 아직 많이 남았어요.

그건 아직 별로 맛없어.
이건 황금향이라 진짜 맛있어요!
와, 황금향 맛있는 거야 알지만..

그럼
제가 돈 내고
사 먹을게요.
아냐, 이건
어차피 파치라
팔진 못해요.
한라봉
천혜향
레드향
부담 갖지
말고 드세요!
애기도 주고
ㅎㅎ

...너무 잘 해주
시네요?
네 그래서
죄송해요.
뭘 어떻게 보답
해야 할지..

저기서
귤 사서 서울에
좀 보내요.
오, 그거
좋네요?

......

다 풋코
덕이네.
풋코, 다음엔
전복집으로
가자.

처, 천재네?
ㅋㅋㅋ

……

근데 나
전복 별로
안 좋아해요.
걱정 마요,
내가 좋아해요.

……

저기요
?

제 개거든요?
으휴,
치사해.
ㅋㅋ

OLDDOG
INSTAGRAM
→ @OLDDOG

황금향
황금향
종합세트
ORIGINAL

아이디어

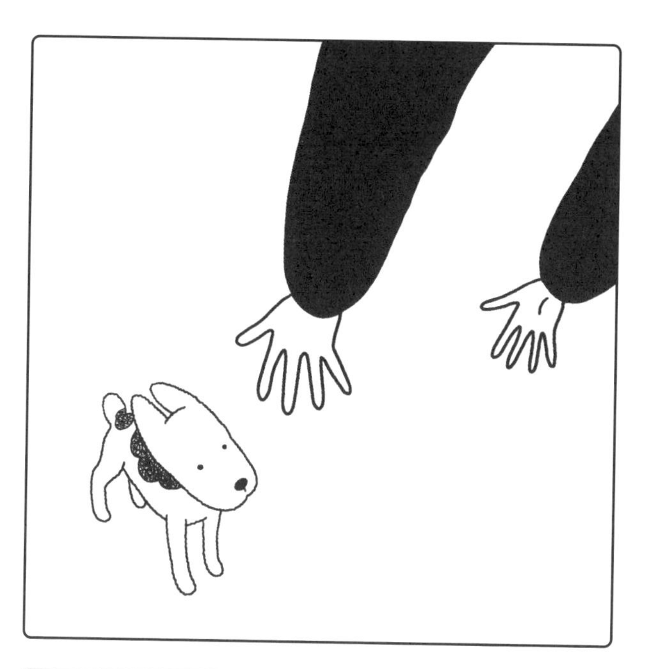

읏차

푯코. 내가
부탁이 있는데
그으읍
어색하거나
당황했을 때
내는 소리.

어어, 우리
잠깐 이렇게
안고

풀썩

이렇게 좀
누워 있어도
될까?

그으으으읍

어어
싫어?
싫은 거 아는데
5분만 5분만.

그래야 좋은
아이디어가
떠오를 거 같아서
그래.
협조 부탁
드립니다.
그으으으으으으읍

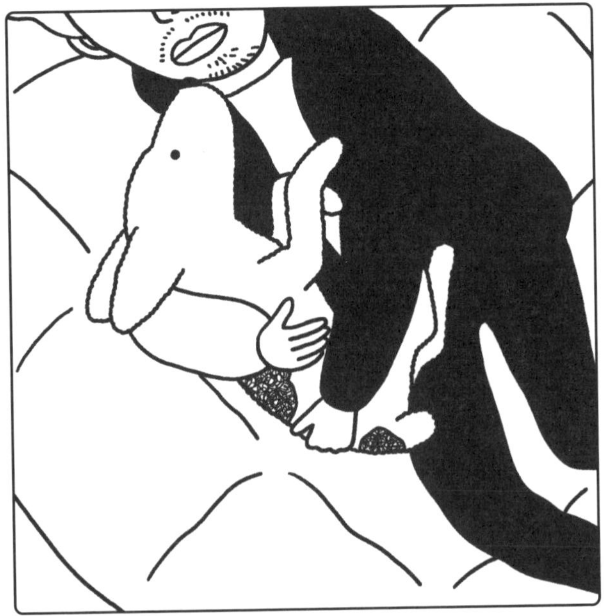

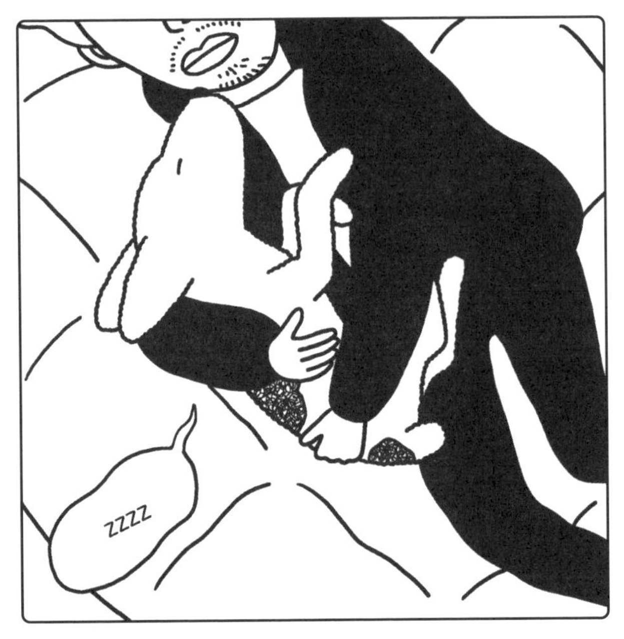
ZZZZ

ZZZZZ~

저, 저기...
푯코?
이대로
자버릴
거야?
나 이제
그만 일어나야
될 거 같은데
..?

파, 팔
저려...

ZZZZZ-

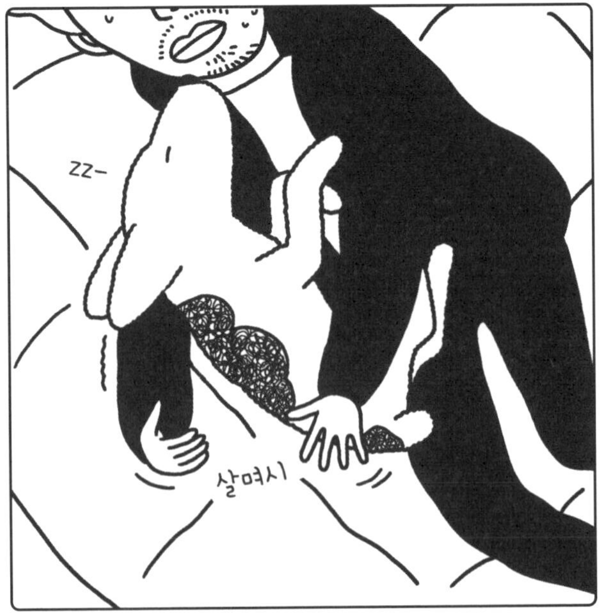
ZZ-
살며시

살금
zzzzz-

살금

살그..
벌떡
깜짝

푸다다닥

어어
퓻코.
있지, 그게
아니고
니 덕분에
아이디어가
떠올랐거든?
근데 까먹기
전에 빨리 메모
해야 돼서..

OLDDOG
INSTAGRAM
→ @OLDDOG

귀가2

이렇게 늦게
들어가시면
풋코는 어때요?
혼자 잘
있나요?

음, 예전 같으면
집안이 풍비박산
났겠지만
요새 잘 있는
편이에요.
산책만 충분히
시켜주면.
ㅋㅋ

다
컸네요.
그쵸,
다 컸죠.
ㅎㅎ
근데
ㅎㅎ
ㅎ

어제 오늘
계속 바빠서
산책을 조금밖에
못했거든요.
헉
ㅋㅋ
그럼
어떡해요
?

아마 많이
화나셨겠죠.
ㅎㅎ
ㅎ
아이쿠
ㅋㅋ

얼른 가셔서
화 풀어드려야
겠네요.
네,
그래야죠
능 능

ZZZ-

......

zzzz-

두리번
두리번

쿵쿵
쿵쿵쿵

......

ZZZ-

zzzzz-

살포시
깜짝

진짜
다 컸네,
우리 개.

....

OLDDOG
INSTAGRAM
→ @OLDDOG

감나무는 완벽해

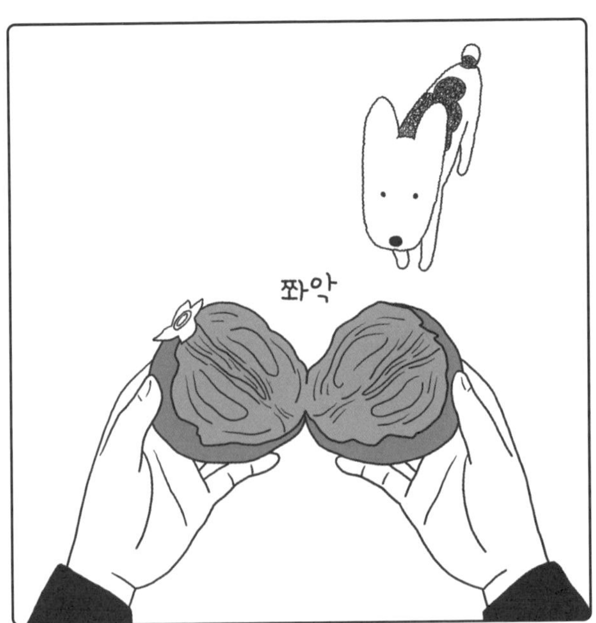

찹찹찹

후루릅
찹찹

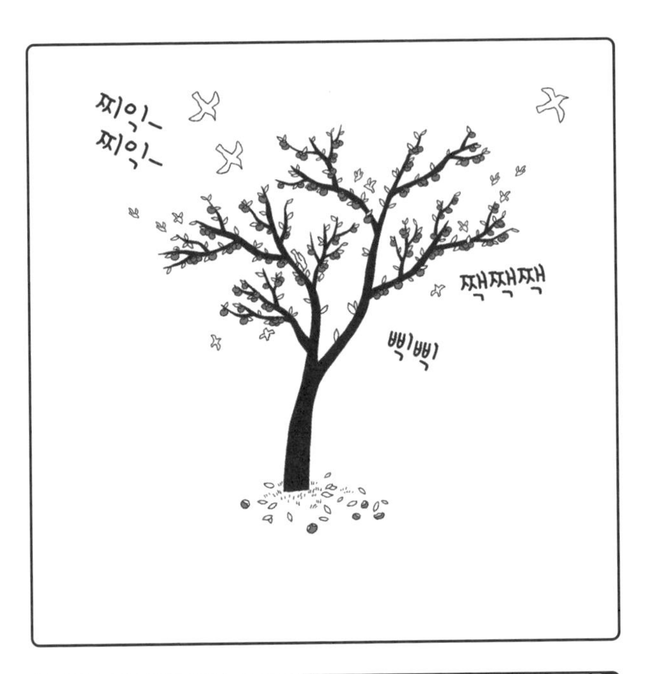
찌익-
찌익-
짹짹짹
빽빽

짹짹짹
빽
삐익-

짹짹
풋코,
대단하지?

흙에서 솟은
나무 한 그루에
이렇게 달콤한 열매가
잔뜩 열려서

쩝쩝
가을 내내
동박새도 먹고,
직박구리도 먹고,
까치도 먹고
너도 먹고
나도 먹고

집주인 아저씨도
두 바구니 따 가시고

앞집 할머니도
한 봉지 드렸는데

찌이익_
삑삑
아직도
이렇게 많이
남았잖아.

짹짹짹
삑
삐익-

누구에게도 아무런 고통도 주지 않으면서
이 많은 다른 생명들을 먹여 살릴 수 있다니
진짜 멋있는 거 같아.

그에 비하면
인간은 너무
...
삐익-
쿵
?

으악?!!!

풋코.
동박새가...

유리에
부딪쳤어..

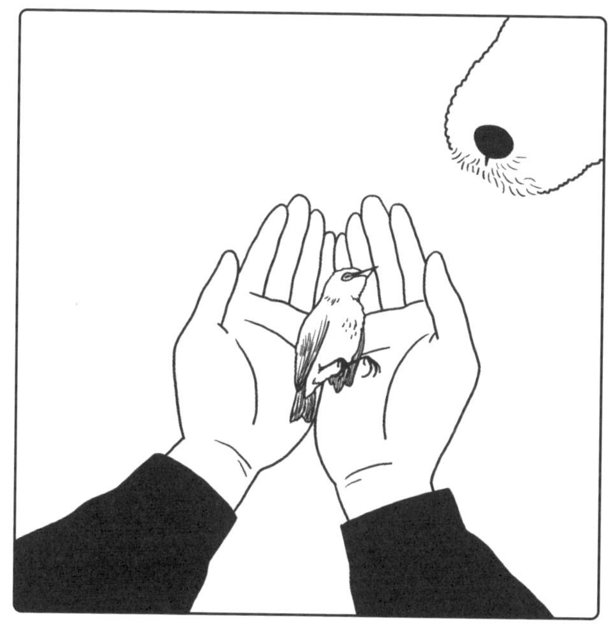

어어,
죽은 거 같지만
혹시 모르니까
조금 더
기다려보자.

풋코.
사람이 세상을
떠나면
먼저 가서
기다리고 있던
반려동물이 마중
나와서 반겨준다는
얘기가 있잖아.

근데 그럼
사람이 평생
희생시킨 수많은
동물들은
그때 어디서
뭐하고 있을까?

......

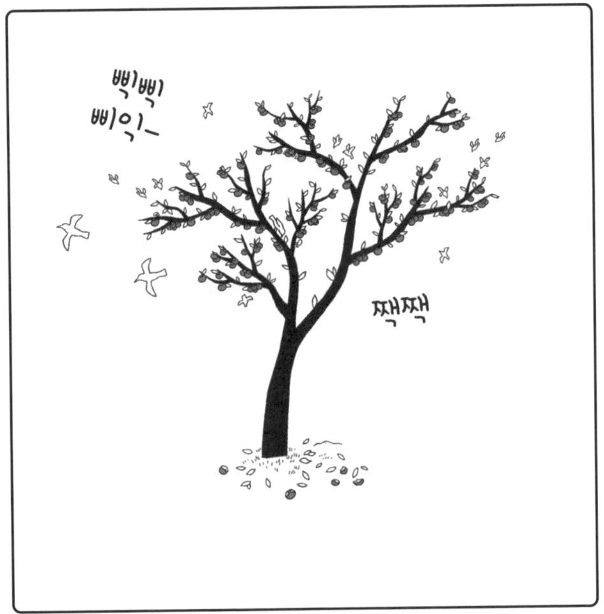
삑삑
삐익ㅡ
짹짹

노 견 일 기 5

초판 1쇄 발행 2021년 8월 2일

지은이 정우열
펴낸이 김영신
편집 이수정 서희준
디자인 이지은 com.com.

펴낸곳 (주)동그람이
주소 서울특별시 마포구 성미산로 183, 1층
전화 02-724-2794
팩스 02-724-2797
출판등록 2018년 12월 10일 제 2018-000144호

ISBN 979-11-966883-6-3 03810

홈페이지 blog.naver.com/animalandhuman
페이스북 facebook.com/animalandhuman
이메일 dgri_concon@naver.com
인스타그램 @dbooks_official
트위터 twitter.com/DbooksOfficial

Published by Animal and Human Story Inc. Printed in Korea